Der Brühwürfel im Duschkopf und weitere Streiche

SingLiesel

Linus Paul und Nicolai Renger veröffentlichen seit Jahren erfolgreich Bücher und Beschäftigungskonzepte, die sich vor allem an ältere Menschen richten. Ihre Bücher zählen inzwischen zur Standardausstattung vieler Pflegeeinrichtungen. Auch Kinder lieben ihre Bücher, die ein besonderer nostalgischer Stil auszeichnet.

Printed in Czech Republic

ISBN 978-3-944360-60-7

© 2016 SingLiesel GmbH, Karlsruhe
www.singliesel.de

Alle Rechte, auch die des auszugsweisen Nachdrucks, vorbehalten. Dies betrifft auch die Vervielfältigung und Übertragung einzelner Textabschnitte, Zeichnungen, Bilder oder Aufnahmen durch alle Verfahren wie Speicherung und Übertragung auf Papier oder unter Verwendung elektronischer Systeme.

Inhalt

Max und Sebastian 5
Zuckerkringel 7
Sonntagskaffee 10
Brühwürfel im Duschkopf 14
Mit Pauken und Trompeten 18
Am seidenen Faden 22
Mutter räumt auf 26
Teestunde 30
Alle Tassen im Schrank 34
Socken mit Ohren 38
Die Prozession 42
Das Schokoladenherz 46
Die Rutschpartie 50
Wer anderen eine Grube gräbt 54
Leberwurstkekse 58
Der Krapfen 62
Das Frühstücksei 66
Erbsensuppe 70
Das Rosenwasser 74
Klingelingeling? 78
Wenn der Schuh drückt 82
Schnuckiputzi? 86
Bockshornkleesamen 90
Das Loch im Eimer 94
Enzianschnaps 98
Das Gedicht vom Räuberhauptmann 102
Der Hundesalon 106
Morgengymnastik 110
Wollwäsche 114

Max und Sebastian

Sebastian und Max waren zwei richtige Lausbuben. Von morgens bis abends heckten sie Streiche aus. Der eine blond, der andere dunkelhaarig, wirkten sie beide so, als ob sie kein Wässerchen trüben könnten. Oft genug erlebte ihre Mutter, dass die Leute sagten: Was für adrette, hübsche Jungen! Tatsächlich hatten sie es von klein auf aber faustdick hinter den Ohren. Noch ehe sie laufen konnten, saß ihnen der Schalk im Nacken.

Ihre Mutter Hedwig konnte ein Lied davon singen. Früher, wenn Hedwig einen der Buben wickelte, pieselte er oft just in dem Moment, in dem sie die Windel öffnete, in hohem Bogen und juchzte und feixte dabei. Als Max gerade laufen gelernt hatte, hatte er kurz vor Heiligabend die Geschenke im Besenschrank entdeckt und sämtliche Päckchen ausgepackt.

Sein jüngerer Bruder Sebastian begann noch früher seine Lausbuben-Karriere. Noch fast ein Säugling, hatte er mit seinen kleinen Händen kurz vor der Bescherung ein Päckchen mit einer wunderschönen Seidenkrawatte geöffnet und sie voller Begeisterung in den Mund gesteckt. So ging es tagein, tagaus. Kaum ein Tag verging, an dem die beiden keinen Unsinn aushecken.

Doch in diesem Jahr hatten sich die beiden Buben zu Neujahr etwas Besonderes vorgenommen. All die Streiche, die sie in den letzten Jahren gespielt hatten, wollten sie wiedergutmachen.

Dies sind die wahren Geschichten von Max und Sebastian, die jeden Tag ein Leuchten in ihre Straße bringen.

Kapitel 1
Zuckerkringel

*M*ax und Sebastian liebten Zuckerkringel. Das hatten sie von ihrem Vater. Nichts in der Welt aß ihr Vater lieber. Jeden Sonntag buk ihre Mutter daher Zuckerkringel. Für ihren Mann drei, für ihre beiden Buben je einen. Allerdings wurden die Buben nur dann bedacht, wenn sie in der Woche zuvor keinen Streich begangen hatten. Und das kam selten vor.

Oft sahen sie neidvoll zu, wie ihr Vater mit Wonne seinen Zuckerkringel verspeiste. "Wenn wir keinen Zuckerkringel bekommen, könnten wir doch einen kleinen Streich spielen", dachten sie eines Tages trotzig. "Vertauschen wir einfach Salz und Zucker", schlug Max vor. Gesagt, getan. In einem unbeobachteten Moment tauschten sie den Zucker gegen Salz aus. Die Mutter merkte nichts. Wie immer widmete sie sich am Sonntag

dem Backen, und das Unheil nahm seinen Lauf. Als der Vater am Nachmittag in seinen Zuckerkringel biss, hielt er kurz inne, verzog das Gesicht und schimpfte dann lauthals los. Im nächsten Moment flitzten die Buben davon, um dem väterlichen Zorn zu entkommen. Den ganzen Tag versteckten sie sich vor ihrem Vater. Erst am Abend hatte sich der Vater wieder beruhigt.

"Wie können wir diesen Streich wiedergutmachen?", fragte Max. "Wir müssten etwas backen", meinte Sebastian. Am besten mit Salz, erwiderte Max schmunzelnd. "Salzteig!", rief Sebastian. "Wir backen Salzkringel und dekorieren damit die Küche." Wieder einmal baten die Buben ihre Großmutter um Hilfe. Immer wieder half sie den Buben, ihre Gemeinheiten wiedergutzumachen. Gemeinsam bereiteten sie den Teig, formten Kringel und Figuren, ließen sie trocknen und malten sie anschließend in vielen bunten Farben an. Ganz zum Schluss trugen sie die Kunstwerke nach Hause und dekorierten damit die Küche.

Als ihre Eltern wenig später die Küche betraten, trauten sie ihren Augen nicht. In der ganzen Küche hingen die Kringel in den buntesten Farben. Und mittendrin standen ihre beiden Buben mit einem breiten Grinsen und riefen: "Statt Zuckerkringel gibt es heute Salzkringel. Die sind schön bunt und halten viel länger!" Hedwig und ihr Mann schmunzelten.

Wieder einmal hatten Max und Sebastian ein Leuchten in ihre Straße gezaubert.

Kapitel 2
Sonntagskaffee

Mit hochrotem Kopf und schwer atmend saßen Max und Sebastian auf der Bank hinter dem Schuppen. Gerade waren sie im Sonntagsstaat zu diesem Lieblingsplatz gerannt, um vor dem Zorn ihrer Mutter zu flüchten. Dort saßen sie jetzt grinsend und freuten sich über ihren Streich mit dem Kaffeeweißer, den sie gerade begangen hatten.

Die Großtante kam immer am zweiten Sonntag im Monat. Die Buben hatten bereits am Vormittag lange überlegt, welchen Streich sie ihr spielen könnten. Da rief Max: "Ich hab's. Wir tauschen den Kaffeeweißer gegen weißes Brausepulver."

Gesagt, getan. Nachdem die Mutter den Tisch schön gedeckt hatte, ging sie zum Hühnerstall, denn sie wollte der Tante später ein paar frische Eier mitgeben. Diese Minuten nutzten die Buben, um den pulvrigen Kaffeeweißer aus der kleinen Dose schnell in eine leere Schachtel zu schütten und die Dose stattdessen mit weißem Brausepulver zu füllen.

Nun konnten sie es kaum erwarten, dass die Großtante klingelte! Als es endlich so weit war, lugten die beiden, zum Platzen gespannt, durch einen Türspalt auf den Kaffeetisch, bis die Mutter endlich die Kaffeekanne nahm und der Tante einschenkte. Sie sahen, wie Großtante Helga zu der Dose mit dem Kaffeeweißer griff und zwei Löffel des weißen Pulvers in ihre Tasse gab. Es dauerte nur einen kurzen Moment, dann begann die Tasse zu zischen und zu brodeln. Dicker Kaffeeschaum quoll

über den Tassenrand in die Untertasse und von dort auf die Tischdecke. Schnell lief Hedwig in die Küche, um ein Geschirrtuch zu holen. Als sie ihre beiden grinsenden Buben sah, wusste sie gleich, wer und was dahintersteckte. "Zu euch komme ich noch!", rief sie drohend den beiden zu, die schnell zu ihrer Bank liefen.

Jetzt überlegten sie, wie sie den Groll ihrer Mutter besänftigen könnten. Sebastian hatte eine Idee: "Wir machen aus einer alten Tischdecke eine neue, viel schönere!" Noch am selben Nachmittag bestickten die Jungen eine alte Tischdecke mit Sternen. Als ihre Mutter Großtante Helga zur Tür brachte und sie verabschiedete, legten die Jungen schnell die neue alte Tischdecke, die nun über und über mit Sternen übersät war, auf den Tisch. Als die Mutter dieses rührende Meisterwerk ihrer Buben sah, konnte sie nicht mehr böse sein und lächelte.

Wieder einmal hatten Max und Sebastian ein Leuchten in ihre Straße gebracht.

Kapitel 3
Brühwürfel im Duschkopf

*P*appsatt streckten sich Max und Sebastian auf der Bank hinter dem Schuppen aus. Heute Mittag hatte es Gemüsebrühe mit Maultaschen gegeben, eines ihrer Lieblingsessen, bei dem sie immer ordentlich zulangten. Aber jedes Mal, wenn es Suppe gab, mussten die beiden Buben an ihren Suppenstreich denken – und immer noch mischte sich in ihr ausgelassenes Lachen darüber auch eine große Portion schlechten Gewissens. Der Suppenstreich war wirklich einer ihrer gemeinsten und zugleich lustigsten Streiche gewesen.

Immer wieder hatten Max und Sebastian fasziniert zugesehen, wie sich die Brühwürfel im heißen Wasser auflösten, wenn ihre Mutter eine Suppe kochte. Eines Abends schlichen sie in die Küche und holten die Dose mit den Brühwürfeln aus dem Schrank. Auf leisen Sohlen schlichen sie ins Bad. Im Bad schraubten sie den Duschkopf von der Dusche ab und legten sechs Brühwürfel hinein. Dann schraubten sie den Duschkopf wieder an. Das Dranschrauben dauerte viel länger als das Abschrauben, aber nach einer Weile war der Duschkopf wieder fest installiert.

Am nächsten Morgen stellte der Vater, der gerne ausgiebig duschte, die Brause an. Langsam begannen die Brühwürfel, sich aufzulösen. Es dauerte nicht lange, da lief ihrem Vater die Brühe über den Kopf, über die Haare und das Gesicht und über den gesamten Körper, und im Badezimmer duftete es nicht nach Seife, sondern wie im Innern eines großen Suppentopfes – der Vater konnte erst gar nicht begreifen, was geschehen

war, so ungewöhnlich war, was er erlebte! Seine erstaunten Ausrufe klangen wie Hilferufe, und Hedwig, seine Frau, eilte herbei. Aber auch sie konnte sich nicht erklären, was vorgefallen war – gleichwohl musste sie bei allen Merkwürdigkeiten immer schnell an ihre beiden Buben denken ... Noch Tage später zürnte der Vater seinen beiden Jungen.

Um ihrem Vater eine Freude zu machen, entschieden sich Max und Sebastian, eine Zwiebelsuppe zu kochen, eines der Leibgerichte ihres Vaters. Stundenlang standen sie in der Küche. Die Mutter hatte dazu ganz frische Zwiebeln besorgt. Das Zwiebelschneiden waren die beiden allerdings nicht gewohnt: Wie mussten sie weinen bei dieser Arbeit!

Als ihr Vater am Abend nach Hause kam, stand ein großer Topf mit Zwiebelsuppe auf dem Abendessenstisch. Daran war ein Zettel befestigt, auf dem stand: "Mit besten Grüßen, deine Suppenkasper". Da musste der Vater herzhaft lachen.

Und wieder hatten Max und Sebastian ein Leuchten in ihre Straße gezaubert.

Kapitel 4
Mit Pauken und Trompeten

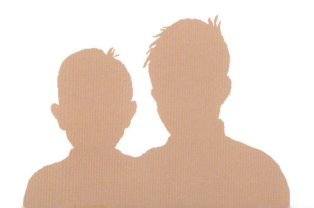

Zum Mittagessen hatte es Bohnen gegeben, und in Max und Sebastian rumorte es gehörig, als sie sich auf der Bank hinter dem Schuppen trafen. Da war es keine Überraschung, dass den beiden der Streich mit dem Pupskissen einfiel.

Es war auf einer Familienfeier im Spätsommer gewesen. Unter das Stuhlkissen von Opa Heinrich hatten die beiden Buben ein Pupskissen gelegt. Als ihr Großvater sich setzte, entfuhr dem Kissen ein lauter Pups. Besonders lustig daran war: Opa Heinrich merkte gar nichts!

Er hatte nie besonders gut gehört, und inzwischen war er fast taub. Alle anderen dagegen konnten sich das Lachen kaum verkneifen. Doch keiner traute sich, etwas zu sagen. Weil unterdrücktes Lachen besonders ansteckend wirkt, kann man sich leicht vorstellen, wie die ganze Kaffeetafel immer wieder von Neuem loskicherte. Erst als die ganze Familie zum Verdauungsspaziergang aufbrach, entfernten die Buben heimlich das Kissen.

Auch wenn niemand zu Schaden gekommen war, wollten die beiden Buben ihrem Opa Heinrich eine echte Freude bereiten. "Morgen kommen alle zum Kaffee!", rief Max. "Wenn Opa Heinrich sich diesmal auf seinen Stuhl setzt, spielen wir seinen Lieblingsmarsch!" "Ja!", stimmte Max sofort begeistert zu. Dass der Opa Blasmusik liebte und früher im Musikverein sogar selber ein bisschen Trompete gespielt hatte, das wussten die Jungen ganz genau.

Natürlich konnten die beiden Jungen schlecht eine ganze Kapelle unter dem Sitzkissen verstecken. Stattdessen suchten sie unter den Schallplatten eine heraus, die zu den Lieblingsschallplatten von Opa Heinrich gehörte. Nun hockten sie beim Plattenspieler im Wohnzimmer, bis sich die ganze Familie in der Essküche versammelte. Die Nadel dicht über die Schallplatte haltend, warteten sie zappelig auf ihren Großvater. Erst einmal spazierten ihre Cousinen, Klara und Veronika, in die Küche, und dann die Erwachsenen. Alles freute sich auf die schön gedeckte Kaffeetafel und insbesondere die Kuchen. Als auch Opa

Heinrich endlich die Küche betrat, stupste Sebastian seinen Bruder an, und Max ließ die Nadel des Schallplattenspielers sanft auf die Platte sinken; es kratzte ein wenig in die gespannte Stille, und einen Moment später schallte der Krönungsmarsch durch das Haus. Natürlich hatten die beiden Buben auf volle Lautstärke gedreht! Opa Heinrich freute sich und klatschte in die Hände.

Wieder einmal hatten Max und Sebastian ein Leuchten in ihre Straße gebracht.

Kapitel 5
Am seidenen Faden

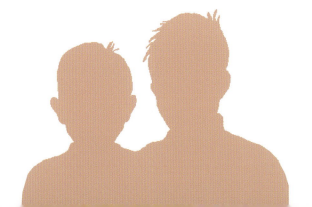

Wie es sich für richtige Lausbuben gehörte, hatten Max und Sebastian immer Krimskrams in den Hosentaschen. Regelmäßig fand ihre Mutter dort Murmeln, Kaugummi-Papiere oder Schnüre. Heute hatte sie eine besonders lange Kordel in Sebastians Hose entdeckt. Diese Schnur hatte bei einem weiteren Streich der beiden Buben eine entscheidende Rolle gespielt.

In der Nachbarschaft wohnte die Witwe Barbara, eine miesepetrige und geizige Frau. Eines Tages hatte sie der Mutter der beiden Buben erzählt, dass sie statt Klopapier Zeitungspapier verwendete. Diesen Geiz machten sich Max und Sebastian für einen ihrer Streiche zunutze. An die lange Kordel, die Sebastians in seiner Hosentasche hatte, banden sie einen 5-Mark-Schein. Schein samt Schnur legten sie auf den Gehweg. Als die Witwe Barbara auf dem Rückweg von ihrem täglichen Einkauf in der Kolonialwarenhandlung den Schein auf dem Weg liegen sah, blitzte es in ihren Augen.

Schnell bückte sie sich, um den Schein aufzuheben. Da zogen die beiden Buben, die sich hinter einer Hecke versteckt hatten, ein klein wenig an der Kordel. Gerade so viel, dass der Schein außerhalb von Barbaras Reichweite lag. Die Witwe dachte, der Wind habe den Schein weitergetrieben, machte einen Schritt nach vorn und bückte sich noch einmal. Wieder entfernte sich der Schein ein kleines Stück von ihr. "Zefix!", rief sie. Dieses Spiel wiederholte sich. Immer wieder machte sie

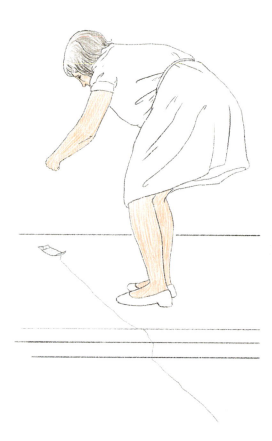

zwei Schritte, bückte sich und richtete sich im nächsten Moment wieder ächzend auf, da der 5-Mark-Schein ein Stück weitergewandert war.

Am Ende verschwand der Schein in der Hecke. Die Witwe Barbara blickte ihm ungläubig hinterher und ging kopfschüttelnd nach Hause.

„Wie können wir diesen Streich wiedergutmachen?", überlegten die beiden. "Geld können wir ihr ja schlecht schenken", meinte Max. "Wir basteln für sie einen kleinen Engel für ihr Fenster", schlug Sebastian vor. Gesagt, getan. Den Engel befestigten sie an einer langen Schnur. Diese Schnur legten sie im Treppenhaus aus: Sie reichte von Barbaras Wohnungstür bis zum Dachboden. Als die Witwe Barbara am nächsten Morgen zu ihrem täglichen Einkauf aufbrach, entdeckte sie die Schnur. Neugierig folgte sie ihr. Am Ende der Schnur fand sie den Engel. Sie lächelte gerührt.

Wieder hatten Max und Sebastian ein Leuchten in ihre Straße gebracht.

Kapitel 6
Mutter räumt auf

Erschöpft saßen Max und Sebastian auf der Bank hinter dem Schuppen. Gerade hatten sie stundenlang ihr Kinderzimmer aufgeräumt. Und das bei schönstem Sonnenschein! Ganz freiwillig hatten sie das nicht getan. Dieses Mal hatte ihre Mutter ihnen wieder einmal einen Streich gespielt.

Wie immer hatten sich Max und Sebastian davor gedrückt, ihr Kinderzimmer aufzuräumen. Erst nach vielen Drohungen trotteten sie maulend in ihr Zimmer und warfen einfach alles in den Schrank. "Fertig!", riefen sie und machten sich auf den Weg zum Bolzplatz. "Moment ...", begann die Mutter. Doch die beiden Buben waren bereits verschwunden. Skeptisch warf Hedwig einen prüfenden Blick in das Zimmer. Nur ein einzelner roter Laster lag vor dem Schrank.

Den stelle ich schnell noch in den Schrank hinein, dachte sie. Als sie die Tür öffnete, traf sie der Schlag. Spielzeugautos, Stofftiere, der Metallbausatz – alles lag in einem wilden Durcheinander im Schrank. "Na wartet!", sagte die Mutter, als sie dieses Chaos sah. Entschlossen ging sie in die Küche, um Zwirn und Klebestreifen zu holen. Das Ende des Zwirnfadens klebte sie an der Unterseite des Lasters fest. Dann klebte sie nach und nach all die Spielsachen an den Faden, die die beiden Buben achtlos in den Schrank geworfen hatten. So entstand eine lange Kette, an der fast unsichtbar die Spielsachen befestigt waren. Vorsichtig legte sie ihr Werk in den Schrank und schloss die Tür gerade so weit, dass noch ein Spalt offen blieb. Nur den roten Laster stellte sie wieder vor dem Schrank auf. Dann öffnete sie das

Fenster und rief Max und Sebastian. Widerwillig trotteten die beiden ins Haus. Hedwig lächelte ihre Buben an. "Seid so gut und räumt auch noch den roten Laster auf", sagte sie. Da passierte es. Als Max den Laster in die Hand nahm, zog er damit unwillkürlich auch an dem Faden, und all die Spielsachen, die wild durcheinander im Schrank lagen, kamen ihm entgegen. Eine Spielzeug-Lawine breitete sich im Kinderzimmer aus.

Hedwig lachte schadenfroh. Dieses Mal hatte sie ihren Buben einen Streich gespielt. Auch ohne gute Tat hatten die beiden Jungen damit ein Lachen in ihre Straße gebracht.

Kapitel 7
Teestunde

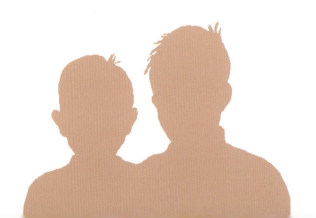

*A*ls Max und Sebastian heute zur Bank hinter dem Schuppen kamen, staunten sie. Die Bank war besetzt. Ihr Großvater hatte es sich dort mit einer großen Tasse Tee in der Hand gemütlich gemacht.

"Wie seltsam, der Tee will gar nicht ziehen", sagte der Großvater zur Begrüßung etwas ratlos. "Ein komischer Tee ist das!" "Hallo, Opa!", riefen die Buben munter. Sie warfen sich einen verschwörerischen Blick zu und mussten ein Lachen unterdrücken. Max und Sebastian wussten genau, warum der Tee nicht fertig wurde. Natürlich steckte ein Streich dahinter: Gestern Abend hatten sie ein ganz kleines Loch in die Teebeutel geschnitten, gerade groß genug, um die Teeblätter herausschütteln zu können. Anschließend hatten sie Sand in die Teebeutel gefüllt. Kein Wunder, dass der Tee nicht fertig wurde und das Wasser keine Farbe annahm!

Da beide ihren Großvater sehr mochten und wussten, wie gerne er Tee trank, wollten sie diesen Streich aber ganz schnell wiedergutmachen. Rasch liefen die beiden in die Küche. Auf dem Weg erläuterte Max seinen Plan. "Du machst Opa einen richtigen Tee und ich laufe zur Kolonialwarenhandlung und besorge Kluntjes, diese dicken ostfriesischen Zuckerstücke. Die mag Opa so gern."

Jetzt hieß es nur, schnell sein, damit der Opa noch auf der Bank hinter dem Schuppen sitzen würde, bis sie alles beisammen hatten! Aber Aufstehen und Hinsetzen

ging beim Opa ja nicht so schnell wie bei den stets zappeligen und unternehmungslustigen Buben ...

Max und Sebastian kehrten wenig später mit einer dampfenden Tasse Tee und einem Schälchen Kluntjes zu ihrem Großvater zurück. Der strahlte bei dem Anblick: Mit Kluntjes schmeckte ihm der Tee doppelt so gut! Die besondere Form dieser Zuckerstücke erinnerte ihn immer ein wenig an die Bergkristalle in seiner Steinesammlung. Aber warum verwöhnten seine Enkelkinder ihn heute so?

Verlegen beichteten sie ihm nun ihren Streich. Besonders ausführlich schilderten sie, wie schwierig es gewesen war, den Sand in die Teebeutel zu füllen! Sie atmeten auf, als der Opa lauthals lachte. "Da habe ich heute also Sand-Tee trinken wollen", rief er aus, "eine ganz besondere Max- und Sebastian-Spezialität!" Zufrieden nahm er noch einen großen Schluck aus der Tasse.

Wieder einmal hatten Max und Sebastian ein Leuchten in ihre Straße gebracht.

Kapitel 8
Alle Tassen im Schrank

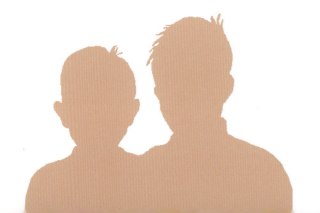

Es regnete in Strömen. Dicke Tropfen fielen auf die Bank, auf der Max und Sebastian sonst bei jedem Wetter saßen. Die beiden Buben drückten sich an die Wand des Schuppens, um nicht nass zu werden. Max prustete los. "Erinnerst du dich noch an unseren Besuch bei Großtante Helga?", fragte er. Sebastian lachte. "Da war es ähnlich nass."

Großtante Helga war eine pedantische Person. Ihre Tassen bewahrte sie in einem alten Küchenschrank mit Glastüren auf. Alle Henkel waren exakt im gleichen Winkel zur Kante ausgerichtet. Max und Sebastian hassten die Sonntagnachmittage bei Großtante Helga. Für sie war es jedes Mal eine Qual, im Sonntagsstaat auf dem Sofa zu sitzen und mucksmäuschenstill zu sein. Heimlich schlichen sich die beiden Buben an jenem Sonntag in die Küche. Normalerweise verdrehten sie dort nur ein wenig die Henkel der Tassen. Dieses Mal hatten sie sich einen besonders gemeinen Streich ausgedacht.

Max stieg auf einen Küchenstuhl und nahm eine Tasse aus dem Schrank. Während Sebastian Schmiere stand, füllte er die Tasse randvoll mit Wasser. Dann legte er die Untertasse auf die Kaffeetasse und drehte beides ganz schnell um. Es gelang tatsächlich. Obwohl die Tasse nun mit der Öffnung nach unten auf der Untertasse stand, war nur ein wenig Wasser ausgetreten, das er vorsichtig wegwischte. Die beiden Teile schlossen so perfekt ab, dass das Wasser in der Tasse blieb! Vorsichtig stellte er die Tasse zurück in den Schrank.

Wenig später kam Großtante Helga in die Küche, um Tassen zu holen. Sie öffnete den Schrank, nahm die umgedrehte Tasse heraus, und eine große Pfütze breitete sich im Schrank aus. „Diese gemeinen Lausebengel!", rief sie. Sofort kam Hedwig angerannt, nicht ohne zuvor ihren beiden Lausejungen die Ohren lang zu ziehen.

"Wie können wir diesen Streich wiedergutmachen?", fragten sich Max und Sebastian, nachdem sie sich wieder an den Streich erinnert hatten. "Sie trinkt so gerne Kaffee. Wir schenken Großtante Helga eine bunt angemalte Kaffeemühle. Bei Großvater habe ich eine alte Mühle gesehen, die er schon lange nicht mehr braucht." Schnell liefen sie durch den strömenden Regen zu ihrem Großvater und baten ihn um die Kaffeemühle. Der Großvater wunderte sich zwar. Seinen Enkeln konnte er jedoch kaum einen Wunsch abschlagen. Bald darauf setzten die Buben ihr Vorhaben um.

Bei ihrem nächsten Besuch bei Großtante Helga schlichen sich die beiden Jungen abermals in die Küche. Diesmal begingen sie keinen Streich, sondern stellten heimlich die Kaffeemühle ins Regal. Als Großtante Helga am Abend die Kaffeemühle entdeckte, schmunzelte sie. Das können nur die beiden Lausebengel gewesen sein, dachte sie bei sich.

Und wieder hatten Max und Sebastian ein Leuchten in ihre Straße gebracht.

Kapitel 9
Socken mit Ohren

*M*ax und Sebastian saßen auf der Bank hinter dem Schuppen und ließen die Füße baumeln. Unter der Bank sahen sie eine Maus entlanghuschen. Da fiel ihnen der Streich mit der Mausefalle wieder ein.

Eines Sonntags hatten die beiden Buben nämlich eine Mausefalle unter dem Esstisch versteckt. Ihr Vater liebte es, sonntagmorgens barfuß am Küchentisch zu sitzen und in aller Ruhe Zeitung zu lesen und eine Tasse Kaffee zu trinken. Oftmals waren es auch zwei Tassen Kaffee, die er trank, und drei Zeitungen, die er durchblätterte. Denn unter der Woche blieb ihm wenig Zeit zum Zeitunglesen, und so bewahrte Hedwig, seine Frau, alle Ausgaben der Tageszeitung einer Woche immer bis zum Sonntag auf.

Heute hatte Hedwig ihm sogar ein Kännchen mit Sahne neben die Kaffeekanne gestellt. Genüsslich streckte er die Beine unter dem Tisch aus. Immer wieder näherten sich seine Zehen der Mausefalle. Immer wieder zog er die Zehen zurück. Dieses Spiel wiederholte sich ein paarmal; Max und Sebastian beobachteten den Vater und vor allem seine bloßen Füße unter dem Tisch mit höchster Spannung. Es war ganz still im Haus, nur das Zeitungsrascheln unterbrach ab und zu die Ruhe.

Dann passierte es: Die Mausefalle schnappte zu. Ein Aufschrei, und schon sahen die Jungen den Vater mit der Mausefalle am Zeh wehklagend durch die Küche hüpfen. Gott sei Dank konnte er die Falle

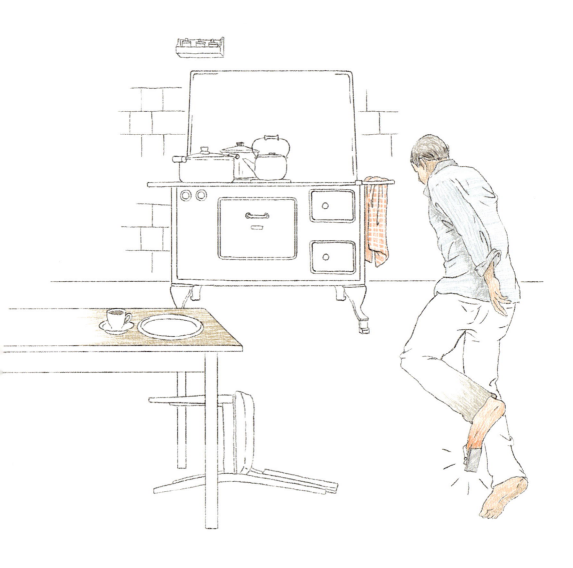

schnell entfernen, und bis auf den Schreck war nichts passiert. "Wie können wir diesen Streich wiedergutmachen?", fragten sie sich. Da mussten sie lange überlegen. Die beste Mausefalle, mit der so etwas nicht passieren könnte, wäre eine Katze ... Aber davon gab es in der Nachbarschaft schon genug. Sebastian hatte eine andere Idee: "Wir stricken für Vater ein paar Socken, die nicht nur warm halten, sondern auch vor Mausefallen schützen." Gesagt, getan. Mit Hilfe ihrer Großmutter machten sie sich ans Werk.

Ehrlicherweise muss man sagen, dass vor allem die Großmutter strickte. Doch der gute Wille zählte. Als die dicken roten Socken fertig waren, nähten die beiden Buben an jeden noch zwei kleine Lederohren. Vor dem Abendessen legten die Jungen ihr gestricktes Geschenk mit Ohren auf den Stuhl des Vaters. Und als der Vater die Socken entdeckte, lächelte er breit. Schnell schlüpfte er hinein und wackelte mit den Zehen, sodass die Socken tatsächlich an Mäuse erinnerten.

Wieder hatten Max und Sebastian ein Leuchten in ihre Straße gebracht.

Kapitel 10
Die Prozession

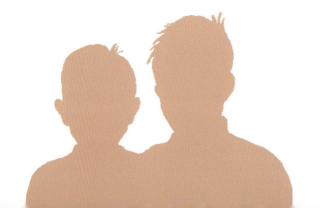

*M*ax und Sebastian saßen wieder einmal gemeinsam auf der Bank. Wenig später sahen sie den Pfarrer vorbeieilen, der ihnen einen durchdringenden Blick zuwarf. Das hatte seinen Grund.

In diesem Jahr hatte es kurz vor der Fronleichnamsprozession einen Feuerwehreinsatz gegeben. Wie jedes Jahr waren am Vorabend der Prozession Altäre im Freien aufgebaut worden, und viele fleißige Helfer hatten einen wunderschönen Blumenteppich gestreut. Der Blumenteppich war der ganze Stolz der Gemeinde.

Gerade aber als sich der Prozessionszug formierte, läuteten die Glocken des Feuerwehrhauses, nicht die der Kirche! "Beim Wiesenhof soll die Scheune brennen!", hieß es. Mit lauter Sirene schoss der Feuerwehrwagen los. Der Weg führte mitten durch das Dorf und damit auch über den wunderschönen Blumenteppich! Die Blumen flogen wie Papierschnipsel zur Seite, als der Wagen schlingernd darüberfuhr. Der Pfarrer versuchte seine Gemeinde zu beruhigen und die Prozession fortzusetzen, doch daran war nicht mehr zu denken. Der Alarm bedeutete das Ende der Prozession.

 Max und Sebastian saßen abseits auf einem Mäuerchen und grinsten. Es gab gar keinen Brand! Die beiden hatten sich aus der Kirche gestohlen und waren zum öffentlichen Telefon am Bahnhof gerannt. Sie hatten den Notruf gewählt und gemeldet, sie hätten beim Wiesenhof Rauch gesehen. So kam es zu der ganzen Aufregung ...

Max und Sebastian überlegten, wie sie diesen schlimmen Streich wiedergutmachen könnten. "Wir schnitzen ein Kruzifix!", rief Max. Gesagt, getan. Die nächsten Abende verbrachten Max und Sebastian in der Scheune. Als sie ihr Werk vollendet hatten, waren sie beide stolz. Zwar war das Kruzifix ein wenig schief, aber die gute Tat zählte. Heimlich schlichen die beiden zur Kirche, immer darauf bedacht, von niemandem entdeckt zu werden.

An der Kirche angekommen, lehnten sie sich an die Tür der Sakristei. Beide erschraken, als die Tür nachgab. Vor ihnen stand der Pfarrer und sah sie fragend an. Stotternd gestanden Max und Sebastian ihre Untat während der Prozession. Der Pfarrer musste innerlich schmunzeln, hielt den beiden aber eine gehörige Standpauke. Nachdem sie kleinlaut von dannen gezogen waren, stand der Pfarrer noch einen Moment lächelnd in der Tür der Sakristei. "Dieses schiefe Kruzifix bekommt einen besonderen Platz", sagte er zu sich selbst.

Damit hatten Max und Sebastian wieder einmal ein Leuchten in ihre Straße gebracht.

Kapitel 11
Das Schokoladenherz

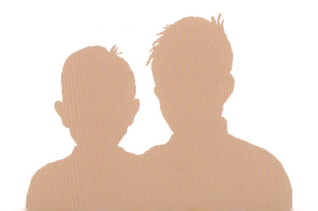

*M*ax und Sebastian saßen auf der Bank hinter dem Schuppen und rieben sich die Bäuche. Heute hatte es Pommes frites zum Mittagessen gegeben. Das war ihr Leibgericht. Jetzt saßen sie voll und träge in der Mittagssonne. Ihre Pommes aßen die beiden Jungen am liebsten mit selbst gemachter Mayonnaise. Lange hatten sie darauf verzichten müssen, ihre Mutter hatte Mayonnaise für eine Weile vom Speiseplan gestrichen. Was war passiert?

Genauso gerne wie Max und Sebastian Pommes frites mit Mayonnaise aßen, so gerne aß ihre Mutter Hedwig Vanille-Joghurt. Eines Nachmittags hatten die beiden Buben eine perfide Idee. Sie nahmen einen der drei Becher Vanille-Joghurt aus dem Kühlschrank und stachen mit einer Spritze vorsichtig ein Loch in den Boden. Dann saugten sie mit der Spritze den Joghurt aus dem Becher und ließen ihn sich schmecken. Anschließend holten sie heimlich ein Glas Mayonnaise aus der Speisekammer und ersetzten den Joghurt durch die Mayonnaise. Das Loch auf der Unterseite klebten sie vorsichtig mit Klebestreifen zu.

Am nächsten Morgen nahm sich die Mutter wie jeden Tag einen Joghurt aus dem Kühlschrank. Meistens tat sie das ganz früh, noch im Nachthemd und bevor sie Kaffee gekocht hatte. Sie riss den Deckel ab und tauchte den Löffel in den Joghurt. Schon während sie den Löffel in den Mund nahm, wunderte sie sich darüber, dass der Joghurt nicht nach Vanille roch, und als sie

die Mayonnaise schmeckte, entfuhr ihr ein "Bäh!". Der Geschmack war in dem Moment so unerwartet! Sie wusste gleich, dass diesmal sie das Opfer eines Streichs geworden war. Max und Sebastian hatten die Szene durch das Schlüsselloch beobachtet. Jetzt nahmen sie Reißaus.

Beide lachten immer noch, als sie sich an die Szene erinnerten, auch wenn sie selbst deshalb lange auf Mayonnaise hatten verzichten müssen. "Wie machen wir das wieder gut?", fragte Sebastian. "Ich habe eine Idee", sagte Max. "Wir schenken der Mutter ein Herz." "Wie das?", fragte Sebastian. "Lass mich nur machen", meinte Max.

Am nächsten Morgen kam Sebastian verschlafen in die Küche. Seine Mutter stand am Kühlschrank. Ihre Hand griff nach einem Becher Joghurt. Sebastian sah, dass der Deckel leicht offen stand. Auch seine Mutter sah es. Hedwig wollte schon schimpfen, als sie bemerkte, dass auf dem Joghurt ein Herz aus Schokostreuseln lag.

Und wieder hatten Max und Sebastian ein Leuchten in ihre Straße gebracht.

Kapitel 12
Die Rutschpartie

*A*ls Max und Sebastian auf der Bank hinter dem Schuppen saßen, beobachteten sie, wie Ida, ihre kleine Schwester, fröhlich ihre neue Schaukel ausprobierte. Es war noch früh am Morgen und kühl. Ida war gut eingepackt in eine warme Wolljacke mit einem Anorak darüber. Auch Mütze und Handschuhe hatte ihr die Mutter angezogen. Die neue Schaukel war Idas ganzes Glück.

Diese Schaukel hatten die beiden Brüder für ihre kleine Schwester eigenhändig gebaut. Auch dies war, man ahnt es schon, eine gute Tat, der ein gemeiner Streich vorausgegangen war.

An einem warmen Herbsttag hatten alle Kinder gemeinsam im Garten gespielt. Als es Essenszeit war, rief Hedwig ihre beiden Jungen zu Tisch und schickte sie vorher zum Händewaschen. Das mochten die beiden Buben nie, aber ihre Mutter kannte keine Gnade. Maulend gingen die Buben in das Bad, um sich die Hände zu waschen. Dabei kam Max eine Idee: "Wir seifen die Klobrille ein."

Wenig später betrat die kleine Ida das Bad. Sie konnte inzwischen schon allein aufs Klo gehen, aber als sie sich heute auf die Klobrille setzte, huch, da rutschte sie in die Kloschüssel! Ida fing an zu weinen. Sie war so erschrocken, dass sie sich nicht alleine befreien konnte. Hedwig hörte das Weinen glücklicherweise bald und kam ihr zu Hilfe. Sie hob Ida herunter und munterte sie wieder auf. Dann schimpfte sie ordentlich mit ihren

beiden Buben. Zuletzt putzte sie die Klobrille von allen Seifenresten frei.

Die zwei Brüder hatten lange überlegt, wie sie diesen üblen Streich wiedergutmachen konnten. Mit Spielzeug für Mädchen kannten sie sich allerdings gar nicht aus, das beteuerten sie sich gegenseitig mehrmals, als ihnen zunächst nichts einfiel für Ida. Sebastian hatte nach einigen Tagen endlich die rettende Idee: "Ida schaukelt doch so gerne. Wir bauen ihr eine Schaukel, eine Extra-Ida-Schaukel!" Gesagt, getan.

Und so bauten sie wirklich nicht irgendeine Schaukel, sondern gaben sich besonders viel Mühe dabei. Sogar Onkel Clemens, der Schreiner war, wurde zu Rate gezogen. Es entstand eine Schaukel mit dünnen Brettern auf allen Seiten, sodass Ida hineinklettern konnte und sicheren Halt hatte. Mit dicken Tauen wurde sie am Apfelbaum angebracht. Ida juchzte, als sie zum ersten Mal darin schaukelte. Und Hedwig musste keine Angst haben, dass Ida von der Schaukel fallen könnte.

Wieder einmal hatten Max und Sebastian ein Leuchten in ihre Straße gebracht.

Kapitel 13
Wer anderen eine Grube gräbt

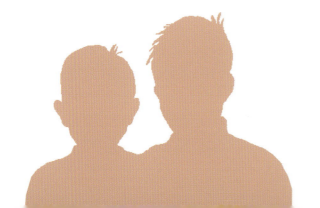

*a*uch an diesem Tag trafen sich Max und Sebastian bei der Bank hinter dem Schuppen. Es war ein warmer Herbsttag. An der Wäscheleine flatterten die Hosen, die die Mutter zum Trocknen aufgehängt hatte. "Erinnerst du dich an den Geburtstag von Opa Wilhelm?", fragte Max bei dem Anblick der Hosen.

Sebastian nickte: "Wer anderen eine Grube gräbt, fällt selbst hinein", sagte er nur. Die Jungen hatten an jenem Morgen aus purer Langeweile angefangen, mit einem durchsichtigen Klebeband zu spielen, das sie in einer alten Schachtel entdeckt hatten; sie befestigten einen großen Streifen davon unter dem Wasserhahn in der Waschküche.

Als die Mutter wenig später in die Waschküche kam und den Wasserhahn aufdrehte, sprühte das Wasser durch die gesamte Waschküche. Nicht nur ihr gutes Kleid, auch die frisch gewaschenen langen Sonntagshosen der Buben waren mit einem Mal pitschnass. Die langen Hosen sollten Max und Sebastian zum Geburtstagsfest bei Opa Wilhelm anziehen. Was sollte sie jetzt tun? Hedwig entschied kurzerhand, dass die Buben stattdessen kurze Hosen mit Strumpfhosen tragen sollten, keine Widerrede!

Da hatten sich Max und Sebastian nun selbst hereingelegt! Kurze Hosen mit Strumpfhosen, wie sah das denn aus ... Für Strumpfhosen fühlten sie sich wirklich zu groß, und in diesem albernen Aufzug genierten sie sich gewaltig. Alle Verwandten lachten, als die beiden als

Einzige wie kleine Kinder, die gerade dem Sandkasten entstiegen waren, in ihren kurzen Hosen dastanden, während alle anderen lange Hosen trugen. Noch viele Male wurde diese Geschichte in der Familie weitererzählt.

Für diesen Streich, meinte Max heute, hätten sie selbst eine Wiedergutmachung verdient! Sebastian pflichtete ihm bei, und gemeinsam gingen sie nach der Schule zur Kolonialwarenhandlung Schmidt. "Was darf's denn sein, Schokokringel wie immer?" Der freundliche Herr Schmidt zwinkerte, er kannte seine Leckermäuler! Sebastian und Max nickten. Max kramte in seinen Hosentaschen nach den paar Pfennigen von seinem Taschengeld und legte sie in das Schälchen auf der Theke. "Danke schön!", hieß es, und beim Hinausgehen bimmelte die Ladenglocke. Die Schokokringel schmeckten, wie immer, köstlich. Umso mehr, da sie heute der eigene Trost für die peinliche Hosengeschichte waren!

Damit hatten Max und Sebastian – nicht ganz uneigennützig – ein weiteres Mal ein Leuchten in ihre Straße gebracht.

Kapitel 14
Leberwurstkekse

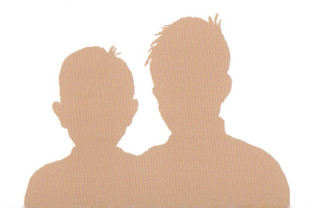

Max und Sebastian saßen auf der Bank hinter dem Schuppen. In der Ferne hörten sie Fräulein Mayer nach ihrem Waldemar rufen. Fräulein Mayer war eine ältere Dame aus dem Nachbarhaus, die der Vater manchmal einfach nur "die alte Jungfer" nannte. Max und Sebastian gingen ihr zumeist aus dem Weg. Sie war nicht unfreundlich zu den Buben. Allerdings hatte sie immer eine Warnung oder einen guten Ratschlag parat, der die beiden Buben nicht die Bohne interessierte.

Waldemar war ihr Dackel, den sie heiß und innig liebte. Waldemar büxte oft aus. Dann hörte man Fräulein Mayer in der ganzen Gegend nach ihm rufen: "Waldemar, mein Hundchen, komm her zum Frauchen!"

Bei einem seiner Streifzüge war auch Waldemar Opfer eines Streichs der beiden Buben geworden: Als er wieder einmal allein durch die Gegend spazierte, schnappten sich Max und Sebastian den Dackel und banden ihm mehrere leere Dosen an den Schwanz. Ein lustiger Anblick!, fanden die beiden Buben, und welch ein herrlicher Lärm! Denn je mehr die Dosen hinter ihm schepperten, desto lauter bellte der Hund.

Als Fräulein Mayer ihren Waldemar entdeckte, befreite sie ihn gleich von seiner Last und jammerte: "Bestimmt waren das diese beiden Lausebengel von nebenan! Mein armer Waldi!"

"Wie können wir diesen Streich wiedergutmachen?", überlegten die Buben. "Es soll etwas sein, worüber sich die alte Jungfer freut, aber auch der Dackel!", sagte Sebastian. Nach einer Weile rief Max: "Ich hab's! Wir backen Leberwurstkekse für Waldemar! Leberwurstkekse wird er bestimmt mögen!"

Gesagt, getan. Sie liefen in die Küche und verkneteten zunächst Haferflocken, Frischkäse, Leberwurst und ein Ei. Daraus formten sie walnussgroße Kugeln, die sie im Backofen buken. Noch einen Faden durchgezogen, und fertig war die Leberwurstkekskette.

Als Fräulein Mayer mit Waldemar Gassi ging, nutzten Max und Sebastian die Gelegenheit und drapierten die Hundekuchen-Kette an ihrer Tür. Kaum hatten sie alles an die Türklinke gehängt, kamen Fräulein Mayer und Waldemar zurück. Die beiden Jungen konnten eben noch im Treppenhaus ein Stockwerk höher flüchten. Schon hörten sie, wie Waldemars lautes Schnuppern

in freudiges Kläffen überging. Dann schmatzte er bald nur noch genüsslich. Von oben beobachteten sie den glücklichen Hund mit seinem lächelnden Frauchen.

So hatten Max und Sebastian ein Leuchten in ihre Straße gebracht.

Kapitel 15
Der Krapfen

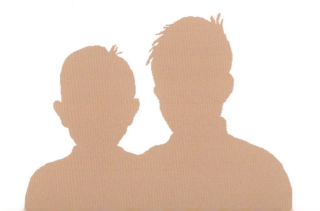

Den Mund voller Zuckerstreusel, saßen Max und Sebastian auf ihrer Bank hinter dem Schuppen. Ihr Vater hatte ihnen aus der Bäckerei Krapfen mitgebracht. Sebastian mochte die Krapfen mit Erdbeermarmelade besonders gerne, Max bevorzugte die mit Aprikosenmarmelade. Spannend war immer, dass man den Krapfen vorher nie ansehen konnte, wie sie gefüllt waren.

Ihre Vorliebe für Krapfen hatten die beiden von ihrem Großvater geerbt. Fast jeden Tag kaufte der Großvater einen Krapfen in der Bäckerei Huber und aß ihn nachmittags zum Kaffee oder zum Tee.

Eines Tages stahlen sich die Buben in einem unbeobachteten Moment in die Küche. Dort lag der Krapfen für den Großvater bereit; während Max Schmiere stand, zog Sebastian mit einer großen Spritze die Marmelade aus dem Krapfen. Dann schraubte er ein Senfglas auf und zog die Spritze mit dem Senf auf. Aus den Augenwinkeln sah er, dass sich Großvater näherte. Schnell spritzte er die gelbe Masse in den Krapfen. Dann versteckte er sich mit seinem Bruder im Flur.

Aus der Küche hörten sie nun die Schritte ihres Großvaters, der Kaffee kochte. Verführerisch zog der Duft bis in den Flur. Im nächsten Moment würde ihr Großvater in den Krapfen beißen. Für einen kurzen Augenblick wurde es ganz still. Dann war das erstaunte Fluchen des Großvaters zu hören.

Lachend beeilten sich die beiden Buben, aus dem Flur ins Freie zu rennen. Bis zum Abend hatte sich der Großvater wieder beruhigt.

Dennoch überlegten Max und Sebastian heute, wie sie den Streich wiedergutmachen könnten. "Wir bitten die Bäckerin Huber, dass sie für Opa den größten Krapfen der Welt backt", schlug Sebastian vor. Gesagt, getan. Die gutmütige Bäckerin, die die Buben kannte, konnte sich ein Lächeln nicht verkneifen, als sie mit dieser Bitte in den Laden kamen.

"Und wie soll er gefüllt sein?" "Rot!", rief Sebastian. "Gelb!", rief Max. "So ein großer Krapfen verträgt eine doppelte Füllung", schlug die Bäckerin vor. Am nächsten Tag staunten die Buben nicht schlecht, als sie den Krapfen abholten: Der war ja fast so groß wie ein Fußball!

Der Großvater klatschte bei diesem Anblick begeistert in die Hände. So ein riesengroßer Krapfen! Ihm lief das Wasser im Mund zusammen.

Wieder hatten Max und Sebastian ein Leuchten in ihre Straße gebracht.

Kapitel 16
Das Frühstücksei

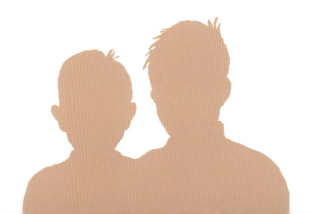

*H*eute war Sonntag. Max und Sebastian waren früh aufgewacht und saßen noch vor dem Frühstück auf der Bank hinter dem Schuppen. Da fiel beiden im selben Moment der Streich mit dem Ei ein. Auch diesen Streich wollten sie gerne wiedergutmachen.

Vater liebte am Sonntagmorgen ein weiches Ei zum Frühstück. Exakt dreieinhalb Minuten musste das Ei kochen. Just in dem Moment, in dem er an jenem Sonntag das Ei aus dem Topf holte, klingelte es an der Türe. Max hatte sich davongestohlen, um heimlich an der eigenen Haustür zu klingeln und so den Vater aus der Küche zu locken.

Diese Minute nutzte Sebastian, um die Eier schnell zu vertauschen. Statt des gekochten Eis stellte er ein rohes Ei in den Eierbecher. Dann verschwand er flink im Kinderzimmer. Der Vater war mittlerweile schimpfend zurück in die Küche gekommen. "Wieder so ein Dumme-Jungen-Streich", brummte er, da niemand vor der Tür gestanden hatte.

Doch der Streich seiner Lausbuben-Söhne sollte erst folgen. Voller Vorfreude setzte sich der Vater an den Tisch und nahm das Messer, um das Ei zu köpfen. Wie zuckte er zusammen, als er rohes Eiweiß auf den Tisch gleiten sah! Wütend sprang er auf. Dabei stieß er den Eierbecher um, und das flüssige Ei ergoss sich auf den Boden.

Max hatte für die Wiedergutmachung schnell eine Idee: ein Eierwärmer! Inzwischen konnten die Buben mit Hilfe der Großmutter so leidlich stricken. Also strickten sie zunächst einen Eierwärmer in Form einer Mütze.

Dann wiederholten sie den Streich: Abermals lockten sie den Vater mit einem Klingelstreich aus der Küche. Als er brummelnd zurückkehrte, um sich sein Sonntagsfrühstück fertig zu machen, erblickte er auf seinem Ei

eine selbst gestrickte kleine Mütze! Sogar einen Bommel hatte Sebastian zum Abschluss darangenäht! Da wurde dem Vater sofort klar, dass das heutige Klingeln

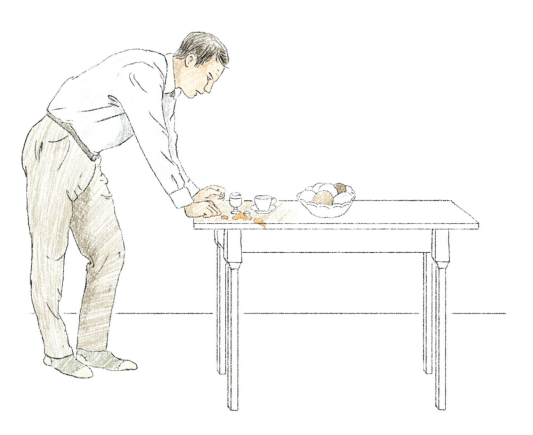

an der Haustüre zum Wiedergutmachungsstreich gehörte, und er war einmal mehr wirklich stolz auf seine Buben.

Wieder hatten Max und Sebastian ein Leuchten in ihre Straße gezaubert.

Kapitel 17
Erbsensuppe

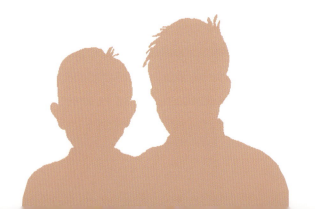

*a*uch heute saßen Max und Sebastian auf der Bank hinter dem Schuppen. Aus Langeweile warfen sie Steinchen in ein Gurkenglas. Da fiel ihnen der Streich mit den Erbsen und dem ausgespülten Gurkenglas wieder ein.

Vor ein paar Wochen hatten sie abends getrocknete Erbsen in ein altes Gurkenglas gefüllt und Wasser auf die Erbsen geschüttet. Dann hatten sie das Glas auf den Deckel einer alten Keksdose aus Blech gestellt und alles zusammen unter dem Bett ihrer Eltern versteckt.

In der Nacht begannen die Erbsen zu quellen. Immer wieder fiel eine Erbse über den Glasrand hinaus auf den Blechdeckel. Jedes Mal machte es leise "Peng!". Immer wenn eine Erbse über den Glasrand fiel, schreckte Hedwig, die Mutter, hoch. Nach einigen "Pengs" wurde es ihr zu bunt, und sie beschloss, ihren Mann zu wecken, der seelenruhig vor sich hin schnarchte. "Was kann das sein?", flüsterte sie. Franz brummte zunächst nur. Vielleicht waren es Mäuse in der Wand? Hedwig knipste die Nachttischlampe an, Franz stand auf und sah hinter der Türe nach, aber sie konnten nichts finden.

Am nächsten Morgen fand Hedwig beim Aufräumen das Erbsenglas und schimpfte ihre beiden Buben gehörig aus. Weil sie schlecht geschlafen hatte, war sie besonders ungehalten.

"Wie können wir das wiedergutmachen?", überlegten Max und Sebastian. "Wir kochen eine Erbsensuppe, das ist Vaters Leibgericht."

Gesagt, getan. Ihre Mutter weihten sie in ihre Pläne ein. Sie hatte ihnen längst verziehen, nachdem sie in der nächsten Nacht wieder besser geschlafen hatte. Gerne half sie den Buben ein wenig beim Hantieren in der Küche.

Als der Vater am Abend nach Hause kam, stand eine große Schüssel Erbsensuppe auf dem Tisch. "Die haben Max und Sebastian fast ganz alleine gekocht", erzählte die Mutter lächelnd. Als Dekoration hatten die Buben ein Gurkenglas auf den Tisch gestellt. Da war ihrem Vater der Hintergrund sofort klar. Er grinste und begann glücklich, seine geliebte Erbsensuppe zu schlürfen. Sie schmeckte ihm so gut, dass er den dritten Teller am Schluss sogar ganz ausschleckte. "Jetzt musst du nicht mal Geschirr spülen", sagte er zu Hedwig, zufrieden und satt.

Wieder hatten Max und Sebastian ein Leuchten in ihre Straße gezaubert.

Kapitel 18
Das Rosenwasser

Auch an diesem Tag saßen Max und Sebastian auf der Bank hinter dem Schuppen. In der Luft lag noch immer ein strenger Geruch, der an manchen Tagen vom Schweinestall des Nachbarn herüberwehte. Deshalb war ihr Plan für einen schönen Streich gestern gründlich schiefgegangen!

Der Nachbar Sepp war vorbeigekommen, um nach getaner Arbeit mit ihrem Vater in der Küche ein Bier zu trinken. "Feierabendbier", nannten die Männer das. Und die Buben hatten Stinkbomben unter die Stuhlbeine gelegt. Nun lagen sie auf der Lauer, aber weder Sepp noch den Vater schien irgendetwas zu stören. Fragend blickten sich Max und Sebastian an: Stinken die Stinkbomben gar nicht? Sie gingen in die Küche. Und wie es dort stank! Die Männer hatten heute Gülle ausgefahren. Bei diesem Geruch gingen die Stinkbomben unter!

Ein neues Opfer musste her: Fräulein Mayer aus dem Haus gegenüber schien Max und Sebastian dafür ebenso geeignet. Denn wenn der Begriff "etepetete" auf jemanden zutraf, dann auf sie. Wenn sie durch das Treppenhaus gegangen war, hing noch Minuten später ein Waschmittelgeruch in der Luft. Ihre Fenster waren stets perfekt geputzt. Ihr Dackel Waldemar hatte ein so duftiges Fell, als ob sie ihn täglich zum Friseur schicken würde. Die Jungs klemmten eine Stinkbombe unter die angelehnte Tür der Waschküche. Sobald jemand die Tür aufschob, würde die Stinkbombe zerbrechen. Die Buben versteckten sich, und wenig später hörten sie bereits Fräulein Mayers trippelnde Schritte, das Knarren der Tür und dann – eine Schimpfkanonade. Das arme Fräulein Mayer musste sich sogar gleich noch weiterärgern, weil das Fenster, das sie öffnen wollte, klemmte.

"Wie machen wir das wieder gut?", fragte Sebastian. "Wir entwickeln ein Rosenwasser", schlug Max vor. Gesagt, getan. Sie besorgten Rosenblütenblätter, die sie mit heißem Wasser aufkochten. Ein zarter Geruch breitete sich in der Küche aus. Jetzt noch schnell abkühlen lassen, in ein kleines Fläschchen füllen und dann in die Waschküche von Fräulein Mayer stellen.

Als diese das Fläschchen entdeckte, schüttelte sie erst einmal ratlos den Kopf. Nachdem sie daran geschnuppert hatte, freute sie sich sehr. Der Ärger über die Stinkbombe war verflogen, und gerührt tropfte sie etwas von dem Rosenwasser hinter die Ohren ihres Dackels. "Diese Familie von nebenan hat wirklich nette Kinder", dachte sie.

Wieder hatten Max und Sebastian ein Leuchten in ihre Straße gezaubert.

Kapitel 19
Klingelingeling?

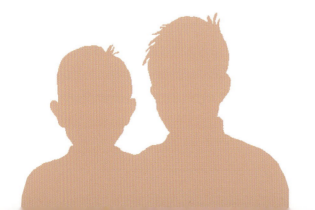

Max und Sebastian trafen sich wie jeden Tag hinter dem Schuppen im Garten. Dick eingemummt saßen sie an diesem kühlen Morgen auf der Bank, ließen die Füße baumeln und warteten auf ein paar Sonnenstrahlen. "Heute Morgen bin ich wieder der Witwe Barbara begegnet", sagte Max. "Wie oft haben wir ihr im Sommer einen Klingelstreich gespielt!" Beide Jungen mussten lachen.

Sonntagmorgens um sechs hatten Max und Sebastian regelmäßig an der Tür der Witwe Barbara geläutet. Dann rannten sie schnell in den Nachbargarten, um sich hinter der Hecke zu verstecken. Von dort hatten sie den besten Ausblick und konnten selber nicht gesehen werden.

In ihrem sicheren Versteck warteten sie darauf, dass die Witwe Barbara – verschlafen und in Nachthemd und Schlafmütze – das Fenster aufriss. Ein Blick zur Tür, ein Blick nach links und rechts, ein kurzes Stutzen, dann schimpfte sie los. "Diese unnützen Lausebengel!", fluchte sie mit ihrer krächzenden Stimme. "Na wartet! Ihr könnt was erleben!" Meistens ging ihr Fluchen in Husten über, dann schloss sie die beiden Fensterflügel wieder mit lautem Ruck. Die beiden Jungen hinter der Hecke pressten sich fest die Hände auf den Mund, um nicht laut loszuprusten.

Auch an diesem Sonntag klingelte es wieder an der Tür der Witwe Barbara. Diesmal allerdings nicht frühmorgens um sechs. Die Jungen hatten abgewartet, bis

das erste Läuten der Kirchenglocken den Sonntag eingeleitet hatte. Auch dieses Mal öffnete die Witwe das Fenster und schaute zur Tür – und stutzte. Eigentlich hatte sie schon Luft holen wollen, um loszuzetern, doch sie sah Max und Sebastian mit einem wunderschönen Blumenstrauß vorm Fenster stehen. Die beiden riefen sogar fröhlich zu ihr herauf: "Wir haben ein Geschenk für Sie!" Sie zögerte einen Moment, dann schlurfte sie Richtung Türe. Max hatte ein wenig Herzklopfen, als er sagte: "Einen schönen Sonntag, Frau Barbara", und Sebastian überreichte ihr dabei den Blumenstrauß.

Die Witwe Barbara blickte abwechselnd den Blumenstrauß an und die beiden Jungen und war augenblicklich gerührt. Die beiden Jungen hatten ihr aus Seidenpapier einen wunderschönen, wenn auch etwas krummen Strauß gebastelt. Verschiedenste Blumen in fantasievollen Farben und Formen waren darin. "Für den Strauß muss ich auch nie das Wasser wechseln!", freute sich die Witwe Barbara.

Damit hatten Max und Sebastian wieder ein Leuchten in ihre Straße gebracht. ◼

Kapitel 20
Wenn der Schuh drückt

Max fluchte, als er sich mit Sebastian auf der Bank hinter dem Schuppen traf: "Diese unbequemen Schuhe!" Vor einigen Tagen hatte er neue Schnürstiefel bekommen, und er fand, dass sie überall drückten.

Drückende Schuhe kannte auch Horst Tschibulski, ein weiteres Opfer ihrer Streiche. Horst Tschibulski von gegenüber war ein überaus penibler und korrekter Beamter. Ordnung und Sauberkeit gingen Herrn Tschibulski über alles. Deshalb streifte er jeden Abend, wenn er vom Vermessungsamt nach Hause kam, seine Schuhe im Treppenhaus ab und schlüpfte in seine karierten Filzpantoffeln. Die Straßenschuhe ließ er im Treppenhaus stehen.

Eines Abends schlichen Max und Sebastian die Treppe hinauf vor seine Wohnungstüre. Da standen wie erwartet die Straßenschuhe von Herrn Tschibulski nebeneinander, als ob sie auf den Nikolaus warteten!

Max und Sebastian hatten auch an diesem Tag nur Schabernack im Sinn und schoben dem armen Herrn Tschibulski Watte in seine Schuhe! Grinsend verließen sie dann das Treppenhaus. Als Herr Tschibulski am nächsten Morgen wie immer Punkt sieben Uhr die Wohnung verließ und seine Schuhe anziehen wollte, stutzte er. Über Nacht waren die Schuhe geschrumpft; oder seine Füße gewachsen! Wie sehr er sich auch mühte, er kam nicht in die Schuhe.

Erst als er die Schuhe näher untersuchte, entdeckte er die Watte. Das Fluchen war gut über die Straße bis in die Wohnung von Max und Sebastian zu hören! Horst Tschibulski wusste, dass er an diesem Tag nicht ganz pünktlich ins Amt kommen würde, und Unpünktlichkeit war ihm ein Gräuel.

Wie können wir diesen Streich wiedergutmachen, überlegten die beiden lange. Dann kam Max die Idee. Denn bald begann die Adventszeit. "Wir basteln ihm aus Watte ein paar richtig schöne Adventsengel!", rief Max. "Dann kann sich der Herr Tschibulski gleich denken, worauf das Adventsgeschenk zurückzuführen ist."

Gesagt, getan. Mit viel Liebe formten Max und Sebastian aus Watte kleine Engel. Aus Papier schnitten sie Flügel zurecht, die sie zusammen mit goldenem Lametta an den Watte-Engeln befestigten. Am nächsten Tag schlichen sie zur Wohnungstür Tschibulskis und klebten die Engel an die Tür. Herr Tschibulski strahlte über das ganze Gesicht, als er die Watte-Engel entdeckte.

Und wieder hatten Max und Sebastian ein Leuchten in ihre Straße gezaubert.

Kapitel 21
Schnuckiputzi?

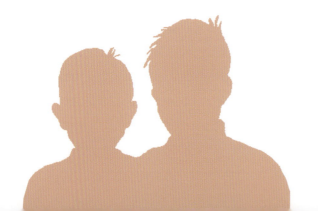

*a*uch heute saßen Max und Sebastian auf der Bank hinter dem Schuppen. In der Ferne sahen sie Herrn Huber mit dem Fahrrad vorbeifahren. Herr Huber sah stets so aus, als ob er gleich platzen würde.

Dass dies wirklich passieren konnte, hatten die beiden Buben bei einem ihrer Streiche gemerkt. Wie es dazu kam, dass Herr Huber so außer sich geriet?

An einem schönen Herbsttag hatten Max und Sebastian die Klingelschilder am Nachbarhaus vertauscht. Der schöne Wilhelm wollte seine Verlobte Annemarie besuchen und drückte die falsche Klingel; der Ärmste konnte ja nicht wissen, dass zwei Lausbuben die Schilder vertauscht hatten! Es klingelte also nicht bei Fräulein Annemarie Kramer, sondern in der Wohnung von Herrn Huber und seiner Frau. In der ganzen Nachbarschaft war Herr Huber nicht nur für seine rote Gesichtsfarbe, sondern auch für seine Eifersucht bekannt. Wenn nur jemand seine blonde Frau nett grüßte, wurde er schon nervös! Und an diesem Tag ging Herr Huber zur Tür, als die Klingel läutete, und nahm den Hörer der Sprechanlage in die Hand. Als der schöne Wilhelm nun "Schnuckiputzi" durch die Sprechanlage säuselte, weil er glaubte, bei Annemarie geläutet zu haben, war das Maß für den Herrn Huber sogleich übervoll. Er stürmte aus der Haustür, um den vermeintlichen Nebenbuhler zur Rede zu stellen, und packte den völlig verdatterten Wilhelm so heftig am Kragen, dass dieser schnell das Weite suchte!

In dem ganzen Durcheinander war die Haustür zugefallen. Da Herr Huber keinen Hausschlüssel mitgenommen hatte, klingelte er bei seiner Frau. Aber was sah er da bei der obersten Klingel? Dort stand nicht der Name "Huber", sondern "Annemarie Kramer". Jetzt erkannte er, dass jemand die Klingelschilder vertauscht haben musste!

Max und Sebastian konnten sich kaum einkriegen vor Lachen. "Wie machen wir das wieder gut?", fragte Max und hielt sich japsend den Bauch. Da kam Sebastian eine Idee. "Wir stiften die zwei zu einem Versöhnungsbier an." Gesagt, getan. In der nahe gelegenen Wirtschaft holten sie zwei Halbe Bier, von denen sie eines vor jede Haustür stelten. Dann drückten sie gleichzeitig auf die Klingeln von Annemarie und den Hubers, riefen laut "Schnuckiputzi!" und machten sich aus dem Staub. Wenig später sahen sie, dass der schöne Wilhelm und Herr Huber mit der Halben Bier vereint auf den Stufen vor dem Haus saßen und lachten.

Wieder einmal hatten Max und Sebastian ein Leuchten in ihre Straße gezaubert.

Kapitel 22
Bockshornkleesamen

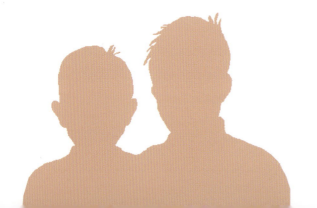

Als Max und Sebastian heute zu der Bank hinter dem Schuppen kamen, entdeckten sie dort eine Zeitung. Über einem der Artikel stand als Überschrift: "Bockshornkleesamen lässt Haare wachsen". Sofort mussten die beiden wieder an Herrn Kaminski denken, dem sie in diesem Jahr auch einige Streiche gespielt hatten. Und bei einem dieser Streiche hatten seine immer spärlicher werdenden Haare eine Rolle gespielt.

Max und Sebastian hatten an jenem Tag die Klinke der Haustür des Nachbarhauses mit Honig beschmiert. Kaminski hatte soeben die Haustür aufgeschlossen und nach der Türklinke gegriffen, als eine heftige Windböe durch seine Haare fuhr. Instinktiv griff sich Kaminski an den Kopf und strich die spärlichen Haare zurecht, die er kunstvoll über seine Glatze drapiert hatte. Erst da bemerkte er die klebrige Masse an seiner Hand. Durch den Honig standen die Haare nun wild in alle Himmelsrichtungen ab. Jeder weitere Versuch Kaminskis, die Haare wieder zu glätten, führte zu einem katastrophaleren Ergebnis. Am Ende sah es aus, als ob Kaminski in eine Steckdose gegriffen hätte.

Noch heute konnten die Buben vor Lachen kaum an sich halten, wenn sie daran dachten. Durch den Artikel in der Zeitung, der Bockshornkleesamen als Haarwuchsmittel empfahl, kam ihnen eine tolle Idee: Mit einem selbst gebrauten Haarwasser wollten sie Helmut Kaminski um Verzeihung bitten!

Schnell rannten die Buben zu ihrer Großmutter, die im Ruf einer erfahrenen "Kräuterfrau" stand. Tatsächlich, für ihre Oma war Bockshornkleesamen keine Seltenheit. Die Großmutter half ihnen, den Samen zu rösten und zu mahlen und anschließend einen Sud aufzusetzen. Am Ende füllten die beiden Buben die Flüssigkeit in eine Glasflasche, die sie mit ihrer krakeligen Schrift beschrifteten: "Haarwasser" war da zu lesen. Sebastian band noch eine violette Schleife um den Flaschenhals.

Auf leisen Sohlen schlichen sie nun zur Wohnung von Herrn Kaminski und stellten die kleine Flasche vor die Tür. Als die beiden Buben am nächsten Tag zur Schule gingen, beobachteten sie, wie sich Herr Kaminski am offenen Fenster das Haarwasser in die Haare rieb. Und weil er so vergnügt dreinblickte, sah es fast so aus, als hätte er schon wieder dichteres Haar bekommen!

Wieder einmal hatten die beiden Buben ein Leuchten in ihre Straße gebracht.

Kapitel 23
Das Loch im Eimer

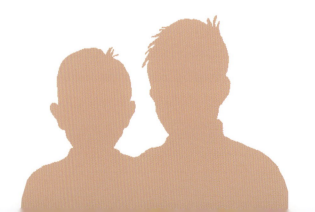

*F*röstelnd saßen Max und Sebastian auf der Bank hinter dem Schuppen. Es war ein grauer Tag. Max vergrub seine Hände tief in den Hosentaschen, in denen sich immer wichtige Dinge ansammelten. Heute entdeckte er dort eine Murmel. Da fiel ihm sofort der Tag ein, an dem ihnen ihre Mutter, Hedwig, mit Murmeln einen Streich gespielt hatte. Vielleicht hatten sie die Lust am Streichespielen ja von ihr?

Statt ihr Zimmer aufzuräumen, waren die Buben an jenem Tag lieber auf den Bolzplatz gegangen. Hedwig blickte in das Durcheinander: Spielzeugautos, Murmeln, Bauklötze, Stofftiere, Tannenzapfen, sogar einen Topf, den sie lange vermisst hatte, fand sie da beieinander. Gerade die Murmeln hatte sie die Kinder gestern geheißen aufzusammeln! "Na, wartet!", entfuhr es ihr. Sie nahm einen Eimer und schnitt ein kreisrundes Loch in den Boden. Alle Murmeln, die sie finden konnte, legte sie in diesen Eimer.

Stunden später kamen ihre Buben vom Bolzplatz. Hedwig rief ihnen nach, dass es an der Zeit sei, ihr Zimmer aufzuräumen. Doch Max und Sebastian taten so, als hätten sie ihre Mutter nicht gehört. Sie wollten eine Murmelbahn testen, die sie im Sand gebaut hatten, und griffen geschwind nach dem Eimer mit den Murmeln. Da passierte es. In dem Moment, in dem Max den Eimer anhob, kullerten die Murmeln durch das ganze Zimmer. Kein Wunder: Der Eimer hatte ja keinen Boden mehr.

Ihre Mutter stand in der Tür und grinste: "Da müsst ihr wohl erst aufräumen, wenn ihr jetzt die Murmeln braucht."

Auch wenn es diesmal eigentlich ihre Mutter gewesen war, die ihnen einen Streich gespielt hatte, beschlossen Max und Sebastian, heute der Mutter eine Freude zu machen. So gingen sie an diesem Nachmittag nicht nach draußen zum Spielen an den Bach, sondern sie halfen der Mutter beim Teigrühren für einen Marmorkuchen. Kurz bevor Hedwig den Kuchen in den Ofen schob, warf Max schnell die schönste der Murmeln in den noch ganz weichen Teig, sodass sie darin versank. Als die Familie später den frisch gebackenen Kuchen aß, war es tatsächlich Hedwig, die die Murmel in ihrem Kuchenstück fand! Alle mussten lachen über den Murmelmarmorkuchen.

Diesmal war es also der Mutter zusammen mit ihren Buben gelungen, ein Leuchten in ihre Straße zu zaubern.

Kapitel 24
Enzianschnaps

*M*ax jammerte auch heute wieder über seine neuen Schuhe, als er mit Sebastian auf der Bank hinter dem Schuppen saß. Immer noch drückten die neuen Schnürstiefel. Vielleicht hatte das damit zu tun, dass bei manch einem Streich Schuhe eine Rolle gespielt hatten …

Eines Tages zum Beispiel hatten die beiden die Schnürsenkel ihres Großvaters unter dem Tisch verknotet. An jenem Tag kam ihr Großvater, wie jeden Sonntag, zum Essen zu Besuch. Nach dem Essen – und dem anschließenden Schnaps – schlief der Großvater am Tisch ein. Leise schnarchend saß er auf dem Stuhl. Die Hände hatte er auf seinem beachtlichen Bauch zusammengefaltet. Die beiden Jungen nutzten die Gelegenheit. Schnell banden sie ihm die Schnürsenkel zusammen.

Da schreckte der Großvater mit einem Mal hoch, räusperte sich und stützte sich auf die Tischplatte, um aufzustehen. Im nächsten Moment tat es einen fürchterlichen Schlag. Wegen der zusammengebundenen Schnürsenkel stolperte der Großvater beim ersten Schritt und stieß gegen den Tisch, sodass die Schnapsflasche umfiel und laut klirrend auf dem Boden zerbrach. Max und Sebastian schauten, dass sie Land gewannen. Mit Großvater war nicht gut Kirschen essen, wenn er wütend war. Derweil tropfte der Schnaps vom Tisch auf den Boden. Dort saß Großvaters Dackel, der daran schnupperte, dann leckte und wenig später anfing zu torkeln, ehe er alle viere in die Höhe

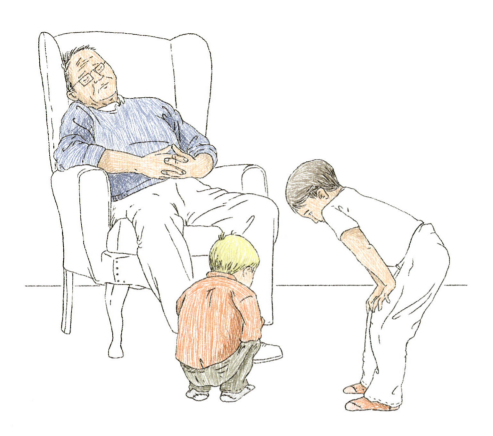

streckte und seinen Rausch ausschlief. Den Rest des Tages versteckten sich die beiden Buben. Erst als ihr Großvater davongeradelt war, trauten sie sich wieder in die Küche.

"Für unseren Großvater müssen wir uns etwas ganz Besonderes einfallen lassen", meinte Max. Sebastian hatte eine Idee. Ihm war die zerbrochene Schnapsflasche wieder eingefallen. "Wir schenken ihm eine neue Flasche!", rief er. "Gute Idee", sagte Max, "und auf die Flasche malen wir einen Enzian, schließlich trinkt

Großvater am liebsten Enzian-Schnaps." Im großen Brockhaus ihres Vaters schlugen sie nach, wie ein Enzian aussah. Dann holten sie aus dem Schuppen eine passende Flasche, Lackfarben und ein paar Pinsel und malten eine wunderschöne Blume auf das Glas. Am nächsten Sonntag stellten sie die Schnapsflasche, frisch gefüllt, auf den Tisch. Als der Großvater die selbst bemalte Schnapsflasche sah, freute er sich und nahm die beiden Buben fest in den Arm.

Wieder hatten Max und Sebastian ein Leuchten in ihre Straße gezaubert.

Kapitel 25
Das Gedicht vom Räuberhauptmann

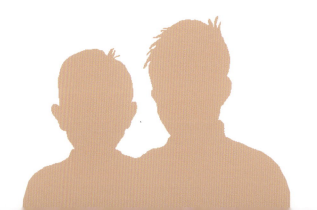

*M*ax und Sebastian trafen sich an diesem Tag nicht auf ihrer Bank, sondern stromerten durch das Dorf. Unterwegs kam ihnen der Amtsvorsteher, Herr Tschibulski, entgegen. Wie immer mit einem penibel aufgezwirbelten Bart. Beide Buben erinnerten sich sofort an den Bart-Streich, den sie ihrem Vater gespielt hatten.

Dazu muss man wissen, dass der Vater sonntags nach dem Mittagessen immer einen kurzen Mittagsschlaf auf dem Kanapee hielt. Diese halbe Stunde war ihm heilig. Reden, selbst Flüstern war nicht erlaubt. Die Mutter wartete mit dem Abwasch, bis der Vater geruht hatte. Alle bewegten sich nur auf Zehenspitzen durch die Wohnung. Erst wenn ein lautes Schnarchen zu hören war, wussten sie, dass der Vater nun tief und fest schlafen würde. "Selbst wenn der Kohleofen explodieren würde – er schläft seelenruhig", pflegte die Mutter zu sagen.

Apropos Kohlen, dachten sich Max und Sebastian eines Tages, malen wir Vater doch, während er schläft, mit Kohle einen Bart ins Gesicht! Und prompt setzten die beiden Lausbuben diesen Gedanken in die Tat um. Kunstvoll malten sie ihrem Vater mit einem Kohlestück einen mächtigen Bart ins Gesicht. Noch lange waren sie richtig stolz darauf, dass sie es schafften, ganz leise dabei zu sein!

Wenig später erwachte ihr Vater und brach bald zum sonntäglichen Stammtisch auf – ohne noch einmal

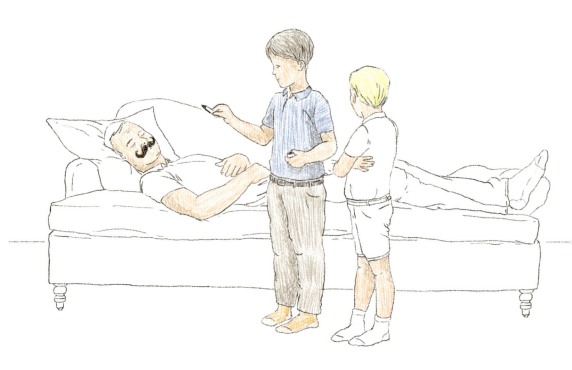

einen Blick in den Spiegel zu werfen. Als er das Wirtshaus betrat, lachten die Gäste laut los! Verdutzt blickte er um sich. Der Vater bemerkte nicht, dass er selbst der Grund für die Heiterkeit war. Er brummte und wollte so schnell wie möglich beim Fräulein seine Bestellung loswerden. Sein Tischnachbar empfahl ihm allerdings, doch erst einmal in den Spiegel hinter der Theke zu blicken – da sah er den dicken, aufgemalten Schnauzbart. Und im Hintergrund erblickte er seine beiden Buben, die ihm nachgeschlichen waren und ebenfalls lachten.

Nun überlegten sie, wie sie diesen Streich wiedergutmachen könnten. "Wir schreiben ein Gedicht über einen Räuberhauptmann mit einem Schnurrbart, und das tragen wir dann beim Stammtisch vor", schlug Max vor.

Gesagt, getan: Sie trabten nach Hause und saßen lange gebeugt über einem Stapel Papier. Es war schon dunkel, als sie ihr Werk vollendet hatten. Schnell liefen sie zum Wirtshaus. Noch außer Atem trugen sie ihr Gedicht vor. Es hatte sieben Strophen! Die ganze Stammtischrunde war begeistert, lachte über die ungelenken Reime und applaudierte. Und ihr Vater war richtig stolz auf sie!

Wieder einmal hatten Max und Sebastian ein Leuchten in ihre Straße gebracht.

Kapitel 26
Der Hundesalon

*A*ls Max und Sebastian heute zu ihrer Bank hinter dem Schuppen kamen, entdeckten sie einen alten Eimer unter der Bank. Sofort fiel ihnen der Streich mit dem Eimer ein.

Im Sommer hatten sie einen kleinen Spielzeugeimer mit Wasser gefüllt und auf die halb geöffnete Tür des Schuppens gestellt. Sobald jemand die Tür aufstoßen würde, würde der Eimer umkippen und das Wasser auf das Opfer spritzen. Gespannt legten sich Max und Sebastian auf die Lauer. Lange Zeit passierte nichts. Da kam Waldemar angetrottet, der Dackel der Nachbarin, Fräulein Mayer. Ihr Hund war ihr Ein und Alles. Offensichtlich wollte er sich im Schuppen vor der nachmittäglichen Hitze verkriechen. Mit der Schnauze stieß er die Tür auf. Im nächsten Moment ergoss sich das ganze Wasser über ihn.

Waldemar jaulte auf und rannte wie von der Tarantel gestochen und das Wasser verspritzend weg. Zu allem Unglück war ihm der Spielzeugeimer über den Kopf gerutscht, sodass er blind seine Flucht antrat. Waldemar versuchte, den Spielzeugeimer abzuschütteln, und wälzte sich dazu in dem frisch umgegrabenen Blumenbeet neben dem Schuppen. Bald hingen große Erdklumpen in seinem feuchten Fell. Endlich hatte er sich von dem Eimer befreit und trottete zu seinem Frauchen, das ihn von der Straße aus rief. Als sie Waldemar sah, schlug sie erschrocken die Hände über dem Kopf zusammen. Ihr größter Schatz war über und über mit Erde bedeckt! Sein Fell, das sonst meistens nach

Hundeshampoo duftete, roch nach Morast. Er war nicht mehr hellbraun, sondern schwarzbraun.

"Wie können wir diesen Streich wiedergutmachen?", überlegten die beiden Buben. "Ich hab's!", rief Max. "Wir eröffnen einen Hundewaschsalon."

Gesagt, getan. Schon am nächsten Tag setzten die beiden ihren Plan um. Mit einem großen Zuber mit warmem Wasser und allerlei Bürsten eröffneten sie ihren Hundesalon. Fräulein Mayer lachte, als sie auf ihrem morgendlichen Gassigang mit Waldemar an den beiden Buben vorbeikam. "Das ist ja ein tolles Angebot", sagte sie, "das nehme ich gerne an." Und dann begannen die zwei, Waldemar zu schrubben und zu bürsten. Die beiden Jungen wurden dabei mindestens genauso nass wie der Dackel, aber es machte ihnen einen Heidenspaß, und Waldemar samt Frauchen genossen die Prozedur erst recht.

Wieder einmal hatten Max und Sebastian ein Leuchten in ihre Straße gebracht.

Kapitel 27
Morgengymnastik

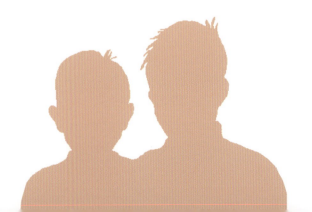

Wie könnten Max und Sebastian den Streich wiedergutmachen, den sie dem arglosen Herrn Kaminski aus der Nachbarschaft vor einigen Wochen gespielt hatten? Das überlegten sie, als sie heute wieder auf ihrer Bank saßen.

Helmut Kaminski wohnte in der Souterrain-Wohnung im Haus gegenüber. Jeden Morgen konnte man ihn bei seiner Frühgymnastik am Küchenfenster beobachten. Dazu öffnete er um Punkt sieben Uhr das Fenster und begann seine Übungen. Und dies im Sommer wie im Winter. Selbst am Sonntag verzichtete er nicht auf seine täglichen Übungen, nur begann er da eine halbe Stunde später.

Im letzten Herbst hatte es einen frühen Wintereinbruch gegeben, der Max und Sebastian auf eine wirklich dumme Idee gebracht hatte. Beide Buben wachten an diesem Morgen früh auf und sahen das Schneetreiben vor ihrem Fenster. Da kam Max die Idee: "Wir bauen das Fenster vom Kaminski mit Schnee zu. Wenn er dann das Fenster zum Lüften öffnet, kommt ihm der ganze Schnee entgegen." Sebastian kicherte schon bei der Vorstellung.

Die Buben legten sich ordentlich ins Zeug, Schneeschaufeln konnte ganz schön anstrengend sein! Vor dem Fenster der Souterrain-Wohnung entstand eine große Schneewand. Nun legten sich Max und Sebastian auf die Lauer. Etwas später sahen sie, wie die Schneemauer sich ein wenig bewegte und im nächsten Moment

zusammenstürzte. Und in den Schneemassen sahen sie das verdutzte Gesicht von Kaminski. Lachend liefen die beiden Buben davon.

"Wie können wir diesen Streich wiedergutmachen?", überlegten sie also. "Ich hab's!", rief Max. "Wir putzen die Fenster vom ollen Kaminski blitzeblank! Bei so einer Souterrain-Wohnung sind die Scheiben ständig dreckig."

Gesagt, getan. Ganz früh am Morgen, als alle noch schliefen, machten sich Max und Sebastian ans Werk. Sie holten aus der Besenkammer ein bisschen Spiritus und Zeitungspapier und begannen, die Fenster von Herrn Kaminski zu putzen. Zu guter Letzt malte Sebastian noch eine goldgelbe Sonne auf Karton, schnitt sie aus und klebte sie auf die Scheibe. Danach legten sich die Buben wieder auf die Lauer und warteten, dass Kaminski für seine Morgengymnastik am Fenster erschien. Wenig später war es so weit, auf Kaminskis Pünktlichkeit war Verlass. Man hätte die Uhr nach ihm stellen können.

Als Helmut Kaminski die kleine Sonne sah und die blitzblanken Scheiben, konnte man auch von Weitem das Strahlen in seinem Gesicht sehen. Besonders schwungvoll begann er heute mit seiner Gymnastik.

Wieder einmal hatten Max und Sebastian ein Leuchten in ihre Straße gezaubert.

Kapitel 28
Wollwäsche

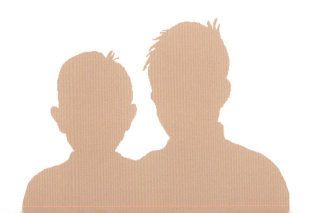

*D*ick eingemummelt saßen Max und Sebastian auf der Bank hinter dem Schuppen. Heute Nacht hatte es noch einmal geschneit, es würde also wirklich weiße Weihnacht geben! Beide hatten Pullover an, deren Ärmel bereits viel zu kurz waren. Da fiel ihnen der Streich mit den vertauschten Wasserhähnen ein. Der hatte sich so zugetragen:

Ihre Mutter wusch alle Wollsachen immer in einem großen Waschzuber. Die Pullover der Buben standen oft fast vor Dreck. Daher musste Hedwig die Pullover zunächst gründlich in kaltem Wasser einweichen. Eines Tages kamen Max und Sebastian auf die Idee, die Wasseranschlüsse zu vertauschen: Drehte man den Kaltwasserhahn mit dem blauen Punkt auf, so kam heißes Wasser aus dem Wasserhahn. Drehte man dagegen am Heißwasserhahn mit dem roten Punkt, so kam kaltes Wasser!

Nichts ahnend legte Hedwig an diesem Tag die Pullover in den Waschzuber. Sie drehte wie gewohnt an dem Hahn mit dem blauen Punkt und bemerkte dabei nicht, dass heißes Wasser in den Zuber lief. Es kam, wie es kommen musste. In dem heißen Wasser verloren die Pullover an Größe. Als die Mutter später die Pullover durchwalken wollte, waren sie so weit geschrumpft, dass sie nur noch Ida, der kleinen Schwester, passten!

Angestrengt überlegten die beiden Buben nun, wie sie diesen Streich wiedergutmachen konnten. "Wir

stricken der Mutter einen schönen Schal", rief Sebastian. "Den werden wir ihr heute Abend gleich zu Weihnachten schenken!"

Geschwind liefen sie zur Großmutter. "Na, ob das so schnell geht? Ich helfe Euch." Sie gab ihnen einige besonders dicke Wollknäuel. Stundenlang beschäftigten sich die beiden Buben mit der Wolle, mit den Nadeln, mit dem Strickzeug. Am Ende konnten sie stolz auf ihr etwas krummes, aber buntes Werk sein. Für Heiligabend stülpten sie einfach den Waschzuber über den Schal und legten einen Zettel darauf, auf dem stand: "für Mama von Max und Sebastian". Sebastian hatte noch ein Herzchen dazugemalt. Als ihre Mutter den Zuber umdrehte, drückte sie den Schal samt dem Zettel gleich freudig an sich.

Einmal mehr hatten Max und Sebastian ein Leuchten in ihre Straße gebracht. Mit der Weihnachtszeit sollten auch die Streiche ein Ende haben. Das hatten sich die Buben fest vorgenommen. Doch ob ihr guter Vorsatz tatsächlich lange halten sollte? Darüber wird zu berichten sein.

Die schönsten Vorlese-Geschichten aus früheren Tagen

Warmherzig erzählen die SingLiesel-Geschichten kurze Anekdoten aus der Kinderzeit, Jugend oder dem Familien-Alltag.
Von halsbrecherischen Seifenkistenrennen, geraubten Küssen oder dem ersten Auto.

Günter Neidinger

**Eins, zwei, drei, vier, Eckstein …
Die schönsten Lausbuben-Geschichten aus früheren Tagen**

80 Seiten, gebunden, Hardcover,
mit zahlreichen Abbildungen
Format: 165 x 235 mm
ISBN 978-3-944360-51-5

Günter Neidinger

**Kinder, Küche, tralala …
Die schönsten Familien-Geschichten aus früheren Tagen**

80 Seiten, gebunden, Hardcover,
mit zahlreichen Abbildungen
Format: 165 x 235 mm
ISBN 978-3-944360-52-2